첫눈은 혁명처럼

송종찬 시집

문예중앙시선

48

첫눈은 혁명처럼

송종찬 시집

문예
중앙

대륙에 갇혀 살다 보니 시가 짧아졌다

어차피 모두 채울 수 없는 공간이었다

......

수식어가 어설퍼지는 시베리아 벌판에서

나는 녹아 없어질 한 점 눈발이었거나

먼 길 떠나는 밤 기차의 기적이었거나

......

설원의 발자국 같은, 밤새워 쓴 시들을

먼 눈발들이 다가와 지우고 또 지웠다

차 례

3부

□ 한 연이 첫 번째 행에서 시작될 때는)로 표시합니다.

1부

그대의 공화국

사랑이 깊으면 독재가 되더라

아서라 아서라

골백번 다짐해보지만

그대 안의 공화국에

오늘은 삼엄하게 눈이 내린다

건너지 못할 강

미루나무 앙상한 가지에

걸려 있는 녹슨 철조망

잊으라 잊으라

수만 번 입술을 깨물어보지만

북방의 바람에 펄럭이는

그대라는 깃발

백야

날밤을 새우고 있는 게지

사랑을 잃고 밤새 깡술을 마시거나

하늘에 잉크를 뿌려놓은 듯

만년필을 꺼내 편지라도 써야 하는가

은세계 공원으로 가는 다리 위에는

수줍게 반달이 걸려 있는데

레닌 동상 너머 태양은 유정처럼 불타고 있다

해가 지지 않았는데 달은 떠오르고

북국에서는 밤도 사무쳐온다

달무리에 젖어 드는 저녁놀

겨울을 생각하면 잠들지 못하겠더라

밤 기차는 갈비뼈를 흔들며 지나고

하늘에 매달려 천장화를 그리고 있는 듯

지평선 위 구름에 번지는 파스텔화

천지창조 같은, 눈이 멀도록

그대를 생각한다는 것

울컥

겨울나무가 얼어 죽지 않으려면
울컥하는 것이 있어야겠다
마룻바닥에 울리는 통성기도나
남몰래 흘리는 눈물 같은 것들이
뿌리에서 가지 끝까지 밀고 올라야겠다
눈과 눈이 고사리손을 마주 잡고
빈 들을 건너가는 겨울밤을 나려면
울컥하는 것들이 있어야겠다
다시 볼 수 없는 북방의 여인이나
갈 수 없는 설움들이 목울대까지 차올라
얼굴에는 신열이 올라야겠다
빈 겨울 들에는 바람이 들이치고
쓰러지는 겨울나무들이여

시베리아의 들꽃

누가 사랑을 물어온다면
시베리아로 가 반란처럼 피어난
엉겅퀴 한 송이 보여주리

벌판에 열 달 내내 눈 쌓이고
자작나무 숲에 안개가 덮여도
원색의 야생화는 피어난다

유형의 길을 가던 님 따르다
눈밭에 나뒹굴던 여인처럼
길가에 맨발로 피어난 들꽃

여름은 짧고 길은 어두워도
그대에게 가야만 하는 길
사랑은 들꽃처럼 붉어지고

누가 사랑을 물어온다면
그냥 시베리아로 달려가
엉겅퀴 한 송이 물들여주리

태양의 기억

어머니가 보내주신 묵은지에
라면을 끓여놓고 창밖을 내다본다

강 한가운데 낚시꾼 한 사람
점점 눈사람이 되어가고
국물 가득 피어나는 남해의 미역 줄기

해가 뜨지 않은 지 벌써 열흘
보드카로도 달랠 수 없는
이 긴 겨울을 어떻게 날 것인가

추운 날에는 새가 날지 않는다
혹한에도 검은 망토를 걸친 수사는
성호를 그리며 맨발로 성당을 돌고 있겠지

고구마 한 알을 꺼내놓고
멀리서 돌아온 탕아의 발을 씻겨주듯
흙을 벗겨 접시물에 담가둔다

〉

창밖은 영하 28도

누구에게나 유형의 시베리아 길 같은

씻지 못할 죄는 있을 것이다

구름이 낮게 깔리는 저기압 지대

고구마 몸통에서 돋아날 새순을 떠올리며

촛불 하나를 밝혀둔다

첫눈은 혁명처럼

사상을 팔던 혁명기가 있었지
협동농장에서 노동을 팔던 소련도 저물고
몸을 파는 자본의 시대가 왔지

한 끼의 마른 흑빵을 사기 위해
영혼마저 팔고 돌아서던 길
발 아래 밟히던 첫눈은 어떠했을까

낙엽의 거리에 눈이 내리면
발자국 무성했던 대지도 시리지 않겠다

간밤 당신이 그리 오시려고
자다 깨다 반복했었는지
창밖 내미는 손길 위에 첫눈

일요일의 평화

정차한 기차 유리창에 맺힌 빗방울
내전을 등지고 밤길을 도망쳐 나온 소녀의
가시철조망에 걸린 눈망울 같은

일요일 오전 일곱시
이름 없는 국경역에 보슬비 내린다
군복을 입은 여군은 패스포트를 검사하고

김이 피어나는 맥심커피 한 모금에
두고 온 당신의 꿈자리가 궁금해지기도 하는
정차한 마음을 두드리는 빗방울

시월

그냥 떠나보내기 아쉬워
지는 해의 뒷모습을 마냥 바라보았다
강 건너 말집이 어둠에 잠길 때까지

그대 떠나는 가을 길
밥이라도 먹여서 보냈어야 했는데
찬 바람 소리에 머리칼이 얼굴을 스치는 듯

창문을 꼭 닫아 걸고
별 아래 가물거리는 지평선을 바라보다
입술을 깨물고 참아내는 속울음

혹한, 새벽은

스탈린 주택의 성에 낀 유리창에
백열등이 하나둘 켜지기 시작할 때
녹슨 트램이 눈발을 헤치며
간이 정거장으로 서서히 다가올 때
영하 삼십도 혹한의 새벽녘
눈을 뜨매 목이 메어와
아직 목숨이 붙어 있는지
종아리를 꼬집어보게 될 때
종탑 주변을 넘어온 햇살이
얼어붙은 강에 노른자처럼 번질 때
1905년 혁명의 거리를
피처럼 적셔 흐르는
에티오피아 커피 향 너머로
당신의 맥박이 그리워질 때

저기압 지대

모스크바에는 산이 없다
산이 없어 혁명은
들불처럼 지평선을 넘어갔는지

굴곡 많은 산하에서 태어난
나는 너른 들의 평화를 모른다

모스크바에는 바다가 없다
떠나는 배가 없어
목숨을 건 사랑도 두렵지 않았는지

밀물과 썰물을 보며 자라난
나는 손을 흔들며
자주 등을 보이지 않았던가

해가 지지 않는 백야의 들과
해가 뜨지 않는 겨울 강 사이

〉

모스크바에는 중간이 없다

봄 가을이 없어

눈물을 믿지 않는다

설원의 불빛

기차의 칸칸은 말줄임표

저녁 여섯시 침목을 울리며

이르쿠츠크행 기차가 수문을 돌아 나가네

어제는 열두 량 객차가 지나더니

마흔 개가 넘는 화차가 꼬리를 물고서

점점 아득해져가는 부호 속에는

고생대의 불씨를 간직한 석탄이 숨 쉬고

도시를 떠나는 누이도 잠들어 있겠다

기차가 지나간 뒤 설원에 쓰일

잎갈나무 가는 잎새들의 서정시

기적을 울리며 산길을 지날 때마다

옛사랑도 잠결 속을 다녀가겠다

경사 깊은 통나무집에 야생 차가 끓고

우랄 산맥 넘어 바이칼 호 지나

기차의 꽁무니를 따라가다 보면

샤프카를 쓴 여인이 눈을 맞고 섰을까

극동행 마지막 열차가 떠나간 뒤

텅 빈 철교 위에 빛나는 불빛

돌아오지 않는 봄

전쟁과 혁명을 모두 겪은 할머니가 지하철역 앞에서
들꽃으로 엮은 제비꽃 다발을 팔고 있었지요

교수였던 남편은 혁명의 깃발 속으로 사라져갔다
밤 기차로 전선에 끌려간 아들은 돌아오지 못했다

마른 빵을 사려고 줄을 선 적이 없는 철없는 소냐를 위해
오십 루블에 꽃다발을 사서 기다리고 있었지요

똑똑한 남자는 혁명 때 용감한 남자는 이차대전 때 다
죽고
이념과 폭격 속에서 끝끝내 피어난 할머니와 들꽃과 소
녀와

눈의 묵시록

갈 데까지 간 사랑은 아름답다

잔해가 없다

그곳이 하늘 끝이라도

사막의 한가운데라도

끝끝내 돌아와

가장 낮은 곳에서 점자처럼 빛난다

눈이 따스한 것은

모든 것을 다 태웠기 때문

눈이 빛나는 것은

모든 것을 다 내려놓았기 때문

촛불을 켜고

눈의 점자를 읽는 밤

눈이 내리는 날에는 연애도

전쟁도 멈춰야 한다

상점도 공장도 문을 닫고

신의 음성에 귀 기울여야 한다

성체를 받듯 두 눈을 감고

혀를 내밀어보면

뼛속까지 드러나는 과거

갈 데까지 간 사랑은

흔적이 없다

토고 호수

가다 가다 보면
사랑도 멀어지는 지점이 있지
그리움이 닳고 닳아
석탄처럼 이글거리지

가다 가다가 보면
욕망도 멀어지는 지점이 나오지
밤새 쏟아지는 빗발에 씻겨
잔돌처럼 빛나고

살다 살다 보면
손가락을 깨무는 지점이 있지
호수에 비친 얼굴의
그늘을 들여다보면서

살다 살다가 보면
호수 같은 눈물 고이고
만년설 덮인 산으로 돌아가고픈
맨발의 지점이 나오지

그리운 열대

나비가 난다 엄동설한에
적도를 넘어온 검정 나비 한 마리
눈보다 가벼운 스텝으로
붉은 조명 아래서 춤을 춘다
막차 떠난 레닌그라드 역 뒷골목
눈발이 배추나비처럼 몰려드는데
케냐에서 온 검정 나비 한 마리
허물을 벗듯 T팬티를 벗어 던지며
푸른 달러 앞에서 날갯짓한다
나비들의 화려한 춤사위를
숨막히게 숨막히게 바라보며
익화翼化를 꿈꾸는 밤
창밖에 눈의 나비떼가 춤을 추고
열대를 넘어온 열아홉 소녀
눈발 속을 날아다닌다

스베타

어느 날이었다
월말인데 방값이 없다며
스베타가 만 루블을 빌려달라고 했다
계절이 바뀌어 봄이 왔다
그녀로부터 만나자는 연락이 왔다
그녀는 검은 스타킹에
외투만 걸친 채 소파에 있었다
돈을 갚을 수 없다고 했다
살짝살짝 드러나는 브래지어가
한 장 남은 가을 잎새 같았다
그 잎맥을 타고 뿌리까지 내려가면
아프가니스탄에서 전사한 아버지
무슬림인 어머니도 보일 듯했다
카잔 성당의 종소리가 울리고
종소리가 유리창을 넘어와
그녀의 야윈 어깨를 감싸는 듯했다
무장해제한 전사 앞에서
속절없이 전의를 상실하던
어느 날이었다

얼음낚시

텅 빈 강 한가운데
부동의 점 하나로 겨우내 그리지 못했던
수묵화는 완성되었다

강에 눈은 쌓이고 쌓여
바닥이 보이지 않는
혹한의 두께

꽁꽁 얼어붙은 강바닥에
둥글게 뚫어놓은 작은 창문 하나로
먼 기다림은 완성되었다

어둠 속으로

추적추적 내리는 비가
내가 울고 있을 때 당신은
어디에 있었느냐고 묻는 듯했지

가지를 빠져나간 바람이
내가 흔들릴 때 당신은
무얼 했느냐며 따지는 듯했지

나는 들끓는 태양 아래
키 큰 선인장 사와라처럼 서서
설산을 그리워하였거나

북국의 눈 내리는 마을
카페에 앉아 에스프레소를 마시며
사막의 꽃을 그리워하였거나

첨탑을 넘어온 눈발이
내가 얼어붙고 있을 때 당신은
어디에 있었냐며 울부짖는 듯했지

지평선은 없다

사랑에 빠진 이의 두 눈에는
아득한 지평선이 걸린다
지평선은 넘을 수 없는 벽
그곳에 가면 그대 있을까
벌목공들이 낸 숲길을 따라서
저녁놀이 타는 지점까지 가보았네
손에 잡힐 듯 잡힐 듯 하였는데
그대는 그만큼 멀어져갔네
지평선은 나를 가둔 감옥
넘을 수 없는 선
숲에서 돌아와 자리에 누우면
그대도 왼편에 나란히 눕고
당신과 나 사이에 걸린 지평선
그 너머에서 가물거리는

타이가

눈꽃 송이들

어깨동무를 하고
우랄 산맥을 넘어서자
가없는 벌판

가도 가도 전나무
가도 가도 자작나무

늑대의 울음 속
조금만 더 가면
눈의 고향인데

어느 짧은 봄날
발이 닳고 닳아
쓰러진 지점에 피어날

들꽃 송이들

야간 비행

모스크바에서 야쿠츠크까지
시베리아를 횡단하다
다섯 시간 만에 처음 본
하늘 아래의 흐릿한 불빛
탄부들 떠나간 석탄 지대에
갈 곳 없는 한 사내만 남아
간이 막사를 지키는 허스키 한 마리
폭폭하게 내리는 눈발 속
사람의 발자국 소리 들리는지
귀를 빳빳이 세우고 있겠다

겨울을 건너는 법

운하의 수문이 닫히고 이제 볼가 강으로 가는 여객선은 오지 않는다 몇 밤 지나면 앞 강에 살얼음 얼고 수문 아래서 자맥질하던 청둥오리들은 날아가고 없을 것이다 시월이 오면 하늘보다 몸이 먼저 어두워진다

혹한은 두려운 게 아니다 한 줌의 쌀보다 더 귀한 햇살 며칠째 해가 보이지 않을 때는 스타벅스에 앉아 소녀들의 창백한 얼굴을 보았다 밤이 한 계절보다 길게 느껴질 때는 백야를 떠올렸고 보드카로 가슴에 불을 질렀다 북풍이 몰아칠 때 바라보던 자작나무의 빈 가지 폭설이 내리는 밤에는 촛불처럼 나도 타올랐다

그렇게 한 계절을 보내고 나면 나는 겨울보다 캄캄해져 몸속으로는 하얀 피가 흘렀다 긴 어둠의 봉쇄가 끝나고 닫혔던 수문이 열리기 시작할 때 살아 있다고 나도 살아 있다고 여기저기서 고개를 내밀던 풀꽃들

CCCP* 바르

외투 깃에 쌓인 눈을 털며 들어설 것 같은
먼 눈발을 헤치며 달려온 백발의 투사가
쓰러질 듯 지하 계단으로 내려설 것 같은

동지도 가족도 모두 떠나버린 고향
낫과 망치가 그려진 혁명의 문장 아래 침묵이 쌓이고
담배 연기 빠져나가지 못하는 CCCP 바르

마른 흑빵 조각에 소금을 뿌려놓고
유리잔의 보드카를 오래 바라볼 것 같은
기차의 굉음에 눈동자 흔들리지 않을 것 같은

실금 간 유리창 아래 먼지 쌓인 성경책
온 들이 폭설에 점령되어 있을 때
지하 선술집에서 새어 나오는 성냥 불빛

---

* CCCP: 소비에트 사회주의 공화국 연방의 러시아어 약자.

야생화

1

사춘기를 건너뛴

시베리아 꽃들은 입술이 붉다

칠팔월 눈 덮인 언덕 너머까지

향수를 날려 보내고

햇살의 가는 손길에도 절정에 이른다

살냄새를 맡아본 적이 없는

들꽃의 줄기 끝에 맺힌 꿀과 향

시베리아 꽃들은 눈이 깊다

머잖아 겨울이 올 것이라는

막차를 떠나보내는 듯한

심연이 깔려 있어

눈 내리는 유배지

벌들은 꽃가루 통을 짊어지고

여름내 벼랑을 오르내렸지

알타이산 꿀에서 잣나무 향이 난다
시베리아 벌들은 일감이 적어
야간작업도 마다하지 않았으리라
최저생계비로 혹한을 견뎌야 하는
꿀벌들의 가족들은 무사할까
시베리아 꽃들의 짧은 청춘과
일벌들의 겨울밤에 대하여
노동에 대하여

야스나야폴랴나[*]

사랑은 어디서 오는가
가없는 유채꽃밭 너머인가
첫눈이 내린 전나무 숲인가

톨스토이의 사과나무 동산에
줄기를 잇대어 서 있는
아름드리 자작나무

열서넛 슬라브 소녀들이
사랑이 이루어진다며
연리지를 배경으로 사진을 찍는다

사랑을 배워본 적도
누가 가르쳐준 적도 없는데
사랑은 어디서 오는가

지평선 너머의 땅끝인가
지상의 순례를 막 끝낸

구름의 끝자락 너머인가

밥 짓는 저녁연기처럼
사랑은 먹먹히 스며들고
사람은 무엇으로 사는가

* 톨스토이의 생가와 무덤이 있는 마을의 지명.

대륙의 밀실에서

나는 이 겨울
한 송이의 붉은 장미를 사기 위해
밥을 굶어야겠다

집시처럼 떠도는 크림의 여인을 위해
월급을 탕진하고

속죄인 양 쏟아지는 눈발 위에
뜨거운 코피를 쏟아야겠다

나는 이 겨울
폭설의 희미한 가로등 불빛 아래
낮은 의자라도 되어야겠다

대륙을 건너가는 철새들을 위해
밤새도록 책을 읽어주고

이 겨울 도무지

끝날 것 같지 않는 겨울밤들을 위해

어둠이라도 되어야겠다

자작나무

한 겹 한 겹 옷을 벗겨도
은빛 속살은 드러나지 않았다

발끝으로 사랑을 노래하던 발레리나

종아리에 감싼 붕대를 풀고 풀어도
상처는 보이지 않았다

손끝으로 이별을 노래하던 발레리나

세상을 헤매다 빈손으로 돌아올 때도
마을 앞 그 자리에 꼿꼿이 서서

온몸으로 나를 반겨주던 발레리나

혹한의 폭설에도 무너지지 않는
그대를 사랑하는 나는

카레이스키

네일 숍에서 두 손을 내밀었다

금발의 소냐가 기타이스키인지 물었고

카레이스키라며 고개를 흔들자

북한쯤에서 그녀는 말끝을 흐렸다

가위로 보푸라기를 자르고

사포로 손톱 끝을 둥글게 다듬자

자그마한 반달이 떠올랐다

그녀의 손길에 스르르 눈이 감기고

나는 어느새 열차를 타고

연해주 지나 두만강 삼각주 건너

금강 설악을 향해 달려가는 듯

손바닥에 난 잔금들은 마음의 철길

핏줄을 타고 먼 산맥을 돌아

침엽수 촘촘한 타이가 지대를 넘어

그녀의 마음속으로 들어서고 있는지

손길 너머로 순정하게 바라보던

그녀의 일렁이던 가슴

불면

누군가 손짓하는 듯하여
창을 열고 보면 아무도 없다
잠결에 불러보는 백야

눈을 뜨면 새로 세시
세상은 저리 환하기만 한데
보일 듯 보이지 않는

밝아도 잠을 이룰 수 없다
비밀 술집으로 난
침침한 뒷골목이 생각나고

찬물을 한 잔 들이켠 후
짙어지는 네바 강 물안개를 바라보면
너만 아픈 게 아니라고

그 겨울의 끝

강 건너가 그립더니
건너갈 수 없는 심연이 그리워지더니
사나흘 귓볼을 스치던 북풍에 강이 얼고
그대를 찾아 얼어붙은 강을 건너갔더니

눈보라 거세게 휘날리더니
폭설은 돌아갈 길마저 지워버리더니
벌판 끝 성당의 불빛만 희미하게 반짝이고
프레스코화 속 성모는 근심에 젖어 있더니

다시 강 건너가 그리워지더니
털모자를 쓰고 집을 나서던 날들이 그립더니
잠에서 깬 햇살에 강이 녹기 시작하고
그 강을 건너올 수 없더니

2부

국도 1호선

목포에서 신의주 939킬로미터
차로는 너덧 비행기로 한 시간 남짓
갈 수 없는 접경이 거기까지라는데
압록강이 내다보이는 집안시
묘향각에서 스쳐 지나쳤던 그대
그날이 오면 여기로 오시라
목포시 유달동 국도 1호선 원표 아래로
볕 고운 자리에 돗자리 깔고
모두부 썰어 넣은 김치찌개 앞에 두고
하염없이 그대 바라보리니
발 아래 파도치는 유달산에서
개마고원의 눈 덮인 겨울 숲까지
이름만 들어도 살내음 고운 그대
그날이 오면 한달음에 오시라
국도 1호선 화강암 아래로
신의주발 목포행 막차에
만주 연해주를 떠돌던 사연들도
북방의 눈발에 실려 오리니

갯내음 속 기별처럼 동백꽃 피어나고

목포에서 판문점 499킬로미터

갈 수 있는 길이 거기까지라는데

방천길

길이 묻는다 어디로 갈 것이냐고
고개를 돌려 눈길을 주어도
얼어붙은 두만강은 묵묵부답이다

권하-온정리 간 다리 위에서
북을 배경으로 사진을 찍는다
고향의 어머니가 맘에 걸려 민둥산 아래서
자꾸만 뒤돌아보았을 언덕길

라선375 번호판을 단 중고 버스가
세관의 통제선을 지나간다
동해의 소라와 게를 싣고 와
곡물을 싣고 돌아가는 미니버스

눈발이 내게 묻는다
여기는 국경 이제 어디로 갈 것이냐고
주머니 속 비자 없는 패스포트

땡긴다

고향 떠나 며칠이라도 해외에 머물면

떠오르던 게 무엇이던가요

사흘간의 출장길에도

서태후가 즐겨 먹던 북경 오리보다

살얼음 간간이 밴 묵은지가 땡기고

거시기 어쩌구 하는 사투리가 땡기고

속을 화하게 뒤집어놓는 빼갈보다

맑은 소주가 땡겨오는데

이화원 만리장성도 좋다지만

발길 닿는 대로 옥류관에 찾아가

안영옥 리설중 오선화

이름만 들어도 땡기는 지지배들이

색동저고리에 열두 줄 가야금을 땡길 때

동해에서 서해까지 파도가 출렁이고

산삼주에 총각김치 그녀들이 건네는

술잔에 핏줄마저 땡겨오는데

안개 자욱한 반도를 떠나

며칠이라도 우리 헤어져 있다 보면

땡기고 땡겨오던 것 무엇이던가요

고려촌 백주

국경이 무슨 의미가 있어
살고 있으면 그곳이 우리 땅이지
반도의 머리 두만강 자락이 휘도는
훈춘 네거리 식당에서 한식을 먹는다
된장찌개 두부찜 돌판밥
우리말 통하고 우리글 있으면
그곳이 우리네 땅이지
네시를 넘어서자 해는 뉘엿거리고
고려촌 백주에 취하니
세상이 흑백으로 보인다
아내여 이 밤은 잊어주시라
오늘 얼어붙은 두만강을 건너가듯
찜 쪄 먹어도 좋을
조선 여자 한 명 데리고 선을 넘더라도
한겨울인데도 피는 들끓어
찬 바람 매섭지 않고
만주는 우리 땅 소리치지 않아도
수숫단 끝 할아버지 헛기침이 살아 있다면

거기가 우리네 고향이지

된장을 풀어 만든 시래기국

누룽지 가득 한 상이 차려지고

길림성 훈춘 네거리 식당에서

젓가락 장단에 불러보는 '눈물 젖은 두만강'

타향이 어디 있어

우리 가락 우리 노래 살아 있다면

그곳이 따스한 품속이지

이매진imagine

신의주 땅이 마주 보이는

중국 단동의 고층 식당 안동관에

팝송이 안개처럼 낮게 깔린다

"국가가 없는 것을 상상해보아요"

회전 식탁에는 꽃새우 북한산 털게

산해진미가 가득한데 황금평 너머에는

저녁 연기 한 가닥 오르지 않는다

"종교가 없는 것을 상상해보아요"

연암이 '도강록'을 작성하던 곳

건너갈 수 없는 겨울 궁전의 밤에는

소총을 든 여군들이 서성이는데

"국가 때문에 죽거나 죽이지도 않고"

한바탕 울기 좋다던 요동의 끝자락

끊어진 압록강 다리 위에

통곡조차 할 수 없는 밤은 오고

"날 몽상가라고 부를지도 몰라요"

국경이 사라진 녹슨 탱크 아래

피어날 꽃과 풀과 새들과 구름과

바람과 시간의 술래잡기를

초원 지대

목동은 십 리 밖에서도
자기의 양들을 찾을 수 있다고 하지

사막에 떨어지는 별들을 보며
얼어 죽은 양들을 생각한다지

그대를 제대로 보려면 멀리
멀리 있어야 한다

겨울과 봄 사이만큼이나 떨어져
바람 쌓이는 소리를 들어야 한다

목동은 잠을 자면서도
양들의 숫자를 셀 수 있다고 하지

목울대를 울려 언덕을 넘어가는
양들을 불러 세운다 하지

〉

아스라이 보이는 게르들처럼

사랑한다면 멀리 멀리 있어야 한다

타향살이

백두산을 장백산이라 불렀다

통성명이 끝나도 말을 트지 않고

조선족 최 시장은 통역을 썼다

연길시장 단고깃집에서

눈이 멀도록 백주를 마신 후

강바람을 가르며 노래방으로 갔다

내가 '광야에서'를 부를 때

그는 중국어로 '아리랑'을 불렀다

백두산 자락에서 듣던 아리랑

아리랑 아리랑의 낭랑한 가락이

해란강을 적시고도 남았을 듯

동포라며 어깨 걸고 한 잔

통일주라며 폭탄주 한 잔

모두가 쓰러져가던 자정 무렵

조명이 꺼져가는 무대 위에서

최 시장이 우리말로 부르던 '타향살이'

손 꼽아 헤어보는 타향살이의

한 맺힌 절규가 두만강 건너

섬진강을 적시고 남았을 듯

국경

국경은 녹슨 거울
내 얼굴만 보일 뿐
그 너머를 볼 수 없네
강가에 짙은 안개 내리면
저쪽의 안부가 궁금해
거울을 닦아보지만
그대는 보이지 않네
국경은 녹슨 거울
내 뒷모습만 비칠 뿐
뜨거운 입김으로
닦아보지만 거울 속을
들여다볼 수 없네

하지

해를 좇아
내가 나를 끌고
정상까지 올라왔다

지금부터는 아니다

내려가는 길
내가 나를 따라서
가야만 한다

달빛 아래
발끝을 바라보며

동지

죽을 고비도 있었겠지
눈앞이 캄캄해지던
아슬아슬한 순간도 많았지만
누군가 손을 내미는 듯하였지
침묵이 켜켜이 쌓인
지하 동굴 수도원에서 올리는
어머니의 새카맣게 떨리는
기도 제목 같은

바람의 발자국

성당은 바람을 빚는 공장
두 손을 모으는 기도는 바람이 되어
견고한 벽들을 무너뜨리기도 하지

무너진 베를린 장벽에 찍혀 있는
바람의 발자국을 보았다

누군가의 바람으로 바람이 불고
바람은 태풍이 되어 장벽을 뒤흔들고

벽을 무너뜨린 것은 바람만이 아니었다
동에서 서로 꽃씨가 날리고
녹슨 철조망 위에 빗물이 맺히고

몸은 바람을 만드는 공장
두 손을 모으는 기도는 바람이 되어
겨울 궁전을 무너뜨리기도 하지

〉

누군가 꽂아둔 촛불에 얼비치는

바람의 발자국을 보았다

크레타

역사가 된 사람이 있다

그가 대륙보다 너른 자유를 가졌다면

지구는 사람이 낳은 알일 수 있겠다

누군가 내 몸을 여행할 때

바다가 없다면 산이 없다면

그 대륙은 얼마나 삭막할 것인가

바다가 보고 싶다는 건

몸 안에 파도가 없다는 말

산이 그리워진다는 건

몸 안에 그늘이 없다는 말

어깨 들썩이는 울음이 파도를 낳고

몸부림이 그늘을 치기도 하지

파란 지붕의 성당 옆으로 지나가는

바람의 여행자를 본다

이룰 수 없는 것을 이루려고

찾을 수 없는 것을 찾으려고

먼 대륙을 돌고 돌아온

바람의 자서전

0℃에 내리는 눈

작별은 어떻게 하는가
눈길을 외면하고 돌아서는 길
하늘은 하얗게 웃고 있는데
땅은 눈물을 흘리고 있다
우리는 인연이 아니었다
만나지 못할 눈과 비처럼
돌아선 그대와 나 사이로
가로등 점점이 켜지는 저녁
신발은 젖어 드는데
발자국 하나 남아 있지 않다
입국 심사를 마치고
마지막 뒤돌아보던 그대
허공의 블랙홀 속으로
잊혀질 듯 다시 기억날 듯
자작나무 가지에 쌓이던
그대의 하얀 미소
몇 걸음 가다가 뒤돌아보면
어느새 눈물로 바뀌어
축축이 젖어 있다

작은 돛배

—이별을 위하여

대륙을 건너온 붉은 사랑이

호카 곳* 절벽에 부딪혀 흩어진다

산맥을 넘어온 모래바람이

대서양의 돛배에 실려 간다

트램을 타고 언덕 끝까지 올라

그대라는 대륙을 생각하나니

산맥에 찍힌 발자국들이

하나둘 지워졌으면 좋겠다

빵 굽는 냄새가 번지는 새벽이 오면

그대는 낯선 사내에게 떠나간다

나는 그대가 아니라

사랑을 사랑하였을 뿐

내일이면 눈물에 젖은 이불을

창가에 내다 널 여인이여

파두fado의 애끓는 가락 속에

돛배들은 바람에 실려 가고

내 사는 곳 먼동이 터올 때

지구 반대편 그대는 잠자리에 들리

낙서 가득한 항구의 뒷골목

트램을 타고 언덕 끝까지 올라

떠나가는 돛배를 보았다

* 유럽의 최서단 땅끝.

독작

혼자인데 두 잔을 시켰다
마주 보고 있는 대륙처럼
그림자를 앞에 앉혀놓고
돌아오지 않을 대화를 나누었다
애인이 없어도 친구가 없어도
심심하지 않았다
상선은 해협을 지나가고
이슬람 사원의 불빛은 빛났다
해풍이 밀려간 자리에
갈매기떼 어지럽게 날아들고
자정을 넘긴 바다는
거품도 없이 고요했다
혼자 두 잔의 술을 시켜놓고
빈 자리를 바라보면
먼 불빛들이 바다를 건너와
대작을 하기도 하였다

3부

꽃샘추위

겨울도 아닌 것이 봄도 아닌 것이
그대를 사랑하여 아프다
가는 눈발의 춤사위 따라가다 보면
솜이불 밖으로 빠져나온 발끝
올듯 말듯 올듯 말듯
눈발에 길이 막혀버렸는가
기다리지만 그대는 쉬 오지 않는다
얼어붙은 우물가 꽉 막힌 펌프에
떨리는 두 손을 대면 금방이라도
속울음이 솟구칠 것 같은
그대를 사랑하여 겨우내 눈 내리고
눈에 갇혀 오시지 못하는가
인간도 아닌 것이 짐승도 아닌 것이
그대를 사랑하여

봄의 서정

책장 빼곡히 들어찬 책 사이
동창회 명부가 금박으로 반짝인다
눈보다 몸이 먼저 떠지는 새벽 세시
한 번도 펼쳐보지 못한 비밀의 서書

최루탄에 범벅이 된 얼굴을 닦아준 뒤
골목 끝으로 사라져가던 그녀는 누구였을까

가투가 있을 때마다 꽃잎처럼 떨어져
친구들은 하나둘 감옥으로 들려 가고
우리를 밀고한 프락치는 누구였을까

봄꽃은 불꽃처럼 대책 없이 터진다
저 꽃 속에도 겨울의 프락치가 있을까
눈부시게 흔들리는 봄밤의 얼굴들이여
내가 사랑한 그대가 프락치였다면

유월에

낮에는 포클레인 소리가
예배당의 종소리를 식빵처럼 잠식하더니
밤에는 유월의 밤꽃 내음이
신학대학 캠퍼스를 스크럼처럼 둘러싼다

예배당의 깨진 유리창을 흔들며
가늘게 들려 나오는 성가聖歌

수은등 아래서 시를 읽다가
밤의 새소리가 부르는 듯하여
언덕길을 올라가본다

불 꺼진 여자 기숙사를 향해
밤꽃 향기는 검은 대열을 좁혀 오고
마른 벽에 울리는 통성기도

내일은 우박이 내릴지 모른다는 예보가 있다
성과 속이 들끓는 영혼의 온도가
1℃ 낮아지려면……

서릿발

담배 공장에서 일하시던 아버지는
담배를 끊으시려 은단을 자주 드셨다

붉은 마리화나를 피우던 나무들이
금단현상인 듯 잎을 떨구고 있다
빈 가지에 맺힌 은단 같은 서릿발

세상과 세상 사이에 보이지 않는
점들이 무수히 깔려 있다
한때는 불꽃의 사금파리였을

마흔 넘어 노안은 찾아오고
멀리도 가까이도 볼 수 없는 지점의
눈 감으면 선명해지는 것들

별을 보며

한여름 제자 앞에서
빤스 바람에 스스럼없이 담배를 피우던
스승의 시론은 곡즉전曲卽全이다

우주의 고향 고흥반도에 와서
불어오는 갯바람 위에
막무가내로 떠 있는 별들을 본다

저 하늘 촘촘히 박혀 있는 별들의
길은 곡선인가 직선인가

살아간다는 건
변산반도의 구불구불한 해안선
김제평야의 너른 면도 아닌데

강을 향해 돌을 던지듯
먼 마음에 점 하나 찍어놓고
징검다리를 건너가는 것

〉

사랑했던 여인들을 이어보아도
선이 되지 않는다
지나왔던 길들을 이어보아도
면이 되지 않는다

별과 별들 사이로 보이는 계곡
실패한 옛사랑도
어둠 속에 별처럼 잠들어 있을까

주천에 들다

주천酒泉에 들러
사라진 것들을 생각한다
입춘 한나절 봄은 어떻게 오는지 보려
무작정 나선 길
눈 쌓인 계곡은 한 장의 능판화다
칼바람 스쳐 지나갔을 음각 속에서
익살스러운 호랑이가 뛰쳐나올 것만 같다
운두령 한계령의 문턱을 넘나들던
산짐승들은 사라져버린 것일까
길성다방 연탄난로에 두 손을 말리며
뼈아픈 야성을 생각한다
백두대간처럼 깊어져 치렁치렁 산맥을 낳고
길이 끊어진 북사면에 들어
아무도 오지 않는 침묵의 밤을
기다릴 수 있어야 하는데
눈 쌓인 벌판을 오래 바라보아도
완성되지 않는 마음속 판화
술발 세기로 소문난 아가씨들도

삼 개월을 못 버틴다는 주천에서

술에 취해 한 마리 짐승이 되어볼까

섶다리 건너 겨울 산으로 나 있는 발자국

호랑이를 잡으려면 깊은 곳으로

목숨까지 걸어야 한다는데

천진암 가는 길

산문 지나 속세를 굽어보는 곳에
수은등이 불타고 있다
싸락눈은 이내 폭설로 바뀌고
배낭에는 책 몇 권과 라면
나는 돌아보지 않고 돌계단을 오르지만
그림자를 지우며 산속으로 들던
그대 두 발은 얼마나 서성거렸을까
술 담배 여자도 없는 선방에 누워
끊어진 길을 생각하니 잠이 오지 않는다
똑 똑 똑 떨어지는 감로수
엉치뼈 끝까지 감겨오는 풍경 소리에
자꾸만 문을 열어 내다보게 되고
폭설 속 몇 잠만 자고 나면
생각의 잔가지들을 부러뜨릴 수 있을지
돌아갈 곳이 있다는 것과
돌아갈 길을 지워버렸다는 것
때 묻은 이름을 지우고
얼굴들마저 묻어버리겠다는 듯

비구니들의 머리맡에 폭설이 쌓인다

가슴속 수은등처럼 이글거리는

호랑가시나무의 붉은 열매

고도를 기다리며

애인의 벌거벗은 몸은
풀 한 포기 없는 사막

멀리서 내려다보면
사막 한가운데 보일 듯 말 듯
한 사내 길을 헤매고 있지

애인의 새하얀 속살은
달빛에 빛나는 금모래

모래언덕만 넘어가면
별들이 쉬어 가는 호수가
보일 것만 같은데

애인의 돌아누운 뒷모습은
선인장 하나 없는 사막
가도 가도 목이 마른

휴가

휴가 첫날 전주교대 등나무 아래서
백일홍 끝 빗방울을 보며 한나절을 보냈다

마알간 참이슬 같은,
술도 아닌데 대낮부터 소낙비에 취했다

소나기가 지나간 뒤
맨땅에 쓰인 낙서들을 읽는다는 것
탈수기 속을 돌 듯하다가
힘을 빼고 젖은 몸을 말린다는 것

떨어지는 비를 감상하는 데
일주일의 휴가도 부족하리

출근이 필요 없는 날
옥수수 익어가는 들판 위로 별은 떠오르고
마루에 누워 흘러가는 것을 바라다본다

상사화

한 가지에서 피어난 잎이
꽃을 그리워한다면
그립다 한다면

만나지 못하리
친구의 애인을 사랑했던 나에게
첫사랑은 없다

바람 불면 지척에서
흔들리는 가을꽃 그림자

한 가지에서 피어난 꽃이
잎을 그리워한다면
애달프다 한다면

친구의 아내를 잊지 못하는 나는
비바람 불어도
흔들리지 못한다

〉

봄 가을 사이

석양에 핀 지워지지 않는

붉은 꽃

교대 근무

여수 향일암 절벽 아래
광어 양식장을 지키던 암캐가 있었다

한 장의 파도를 넘기면 또 파도가 나오고
바다 경전은 읽어도 끝이 없다는 듯

목어의 울음소리가 노을까지 번질 때
동력선 한 대가 다가와
야간 근무하는 수캐를 내려놓고 돌아갔다

가두리 양식장 흔들리는 목재 난간에
발톱을 걸고서 밤을 세워야만 하는 백구

여수 향일암 절벽 아래
수천 마리의 물고기를 지키는
절 한 채가 있었다

마중

기별도 없이 소낙비 쏟아져 내릴 때
군내 버스 정거장 부근에
토란 잎처럼 피어나던 누나의 비닐우산

들판 가득 마른 연기 번지던 가을
짐수레가 힘겹게 고개를 올라가고 있을 때
산 아래 흔들리던 아내의 작은 등불

입시 끝난 텅 빈 학교 운동장
아랫목에 묻어둔 공깃밥이 식어갈 때
가로등 아래 서리던 어머니의 입김

맨발

간밤 폭풍우에 뿌리째 뽑힌
오동나무의 흙 묻은 맨발을 보았다

우리가 잠든 밤에도 물길을 찾아
불빛 들지 않는 골짜기
끝까지 헤매 다녔을 부르튼 발길

가지마다 이파리들을 달고
일평생 걸어왔을 오동나무를 생각하니
비단을 이고 이 마을 저 마을을 다니던
어머니가 눈에 밟혀왔다

폐사지에서

이루지 못한 사랑은
흙벽돌 나뒹구는 폐사지
불타 없어진 자리에
주춧돌만 남아

눈을 꼭 감고서
잡풀 속 정초 위에
바람의 벽을 세우고
구름의 지붕을 입혔다

육신을 탐한 죄
신을 거부한 죄
성상도 성화도 없는
사랑의 성전

이루지 못한 사랑은
가슴속 사라진 제국
소금기 절절한 폐허에
불기둥만 남아

불면

금세 피어날 듯한

꽃봉오리 아래 맺힌

그렁그렁 빗방울

봄비 그친 날

첫사랑도

터질 듯 떨어질 듯 했다

오지 않는 자를 위하여

산을 사랑하는 사람은
산으로 가서 높이를 만들고

물을 사랑하는 사람은
물에 들어가 깊이를 만들고

들을 사랑하는 사람은
들로 떠나 너비를 이룬다

내가 가닿을 수 없는
높이와 깊이와 너비만큼

떠나간 것들이 눈발이 되어
창가에 내려앉는 저물녘

성찬

아내가 없는 날
찬물에 밥을 말고
오이고추 몇 개 된장에 찍어
늦은 점심을 먹는다

이런 날은
감나무 위로 먹구름이 지나듯
어릴 적의 고요가 가슴에 젖어 들고
석양의 개펄 위를 날던 철새 울음이
눈가에 얼비쳐오기도 하는데

어둑한 등피 아래서
나는 성자처럼 밥을 먹고
내가 비워낸 빈 그릇은
내 얼굴을 담고

이런 날은
밥그릇 속 낟알들이 모래만 같아

한 마리 낙타처럼

언덕을 넘어가기도 하는데

회사

꽃 피고
꽃 지는 것 모르고

비 뿌리고
장마 지는 것도 모르고

투명한 어항 속에 비치는
캄캄한 심해

술 취한 고래처럼
이따금 푸우 푸-우
하늘로 솟구쳐 올랐다가

바람 불고
낙엽 지는 것 모르고
눈꽃 피고
얼음 풀리는 소리 듣지 못하고

〉

어디쯤 지나고 있을까

밤 기차는

기차가 다니지 않는 철길

큰 이별 뒤에는 기찻길이 생겨났다
마취가 덜 된 생살 위로
한 땀 한 땀 추억의 침목들이 가로놓였다

큰 상처 속으로는 터널이 생겨났다
끝이 보이지 않는 어둠을 향해
기적을 울리며 기차들이 지나다녔다

긴 터널 끝에는 정거장이 생겨났다
내리는 사람도 없는데
텅 빈 역사는 늘 수은등 불을 밝혔다

팔당역 부근 기차가 다니지 않는
중앙선 옛길을 걸어갈 때 희미하게
드러나는 내 몸의 철길

수련

한 사내 꽃에 취해
강물에 뛰어들었다가

흙 묻은 그녀의 발을 보고
떠나가고 말았다네

수련, 그대 그리다
밤이면 잠 못 드는 꽃

수련, 그대 그리다
흔들리며 피어나는 꽃

수련, 폭풍우 지나간 뒤
노란 꽃잎도 지고

푸른 잎에 고여 있는
한 방울 눈물

해 설

고전적 품격의 아름다움

이홍섭 / 시인

시집을 읽다 보면 어떤 시집은 시를 쓰고 싶은 충동을 주고, 어떤 시집은 전혀 그렇지 않은 경우가 있다. 특히 시집 해설을 위해 보내온, 등 푸른 생선처럼 싱싱함이 살아 있는 원고를 대할 때면 이 차이는 더욱 분명해진다.

송종찬의 시집 원고를 읽으면서 나는 여러 번 시를 쓰고 싶은 충동을 느꼈다. 해설을 써야 한다는 책무를 망각한 채, 혁명처럼 내리는 첫눈(「첫눈은 혁명처럼」)과 "뼈아픈 야성"(「주천에 들다」)이 주는 어떤 각성 같은 설렘에 빠져들곤 했다.

하늘에 구름만 가득한 채 비를 만들지 못하는 밀운불우密雲不雨의 시대에, 지순함과 비장미로 첫눈을 만들어내는 송종찬의 시를 읽을 때면 나도 모르게 어느덧 "순정하게 바라보던 / 그녀의 일렁이던 가슴"(「카레이스키」)에 가닿지 않을 수 없었다.

그의 시들은 정치한 리듬 위에 감정과 내용의 엑기스만 담아내고 있어 전체적으로 힘이 느껴진다. 이러한 시들은 일반적인 시 해설의 범주로는 그 맛과 감동을 제대로 전달할 수 없다. 오히려 그냥 느낀 대로, 감동이 오는 대로 쓰는 것이 시에 더 가깝게 다가갈 수 있는 지름길이다. 이는 우리 시대에 드문, 짧은 시에 대한 경의의 방식이기도 하다. 먼저 표제작 「첫눈은 혁명처럼」부터 읽어보자.

사상을 팔던 혁명기가 있었지
협동농장에서 노동을 팔던 소련도 저물고
몸을 파는 자본의 시대가 왔지

한 끼의 마른 흑빵을 사기 위해
영혼마저 팔고 돌아서던 길
발 아래 밟히던 첫눈은 어떠했을까

낙엽의 거리에 눈이 내리면
발자국 무성했던 대지도 시리지 않겠다

간밤 당신이 그리 오시려고
자다 깨다 반복했었는지
창밖 내미는 손길 위에 첫눈

―「첫눈은 혁명처럼」 전문

이번 시집의 1부는 러시아를 공간적 배경으로 한 시들로 이루어져 있다. 약력에 따르면, 대학교에서 러시아 문학을 전공한 시인은 2011년부터 러시아에 체류해왔다. 시인이 '시인의 말'에서 "대륙에 갇혀 살다 보니 시가 짧아졌다. 어차피 모두 채울 수 없는 공간이었다"라고 밝히고 있는 것으로 보아, 이번 시집의 러시아 시편들은 그의 실제 체험들을 바탕으로 하고 있음을 알 수 있다.

위의 작품에서 '첫눈'은 두 개의 축 위로 내린다. 하나는 변해버린 시대 위에 내리는 첫눈이고, 다른 하나는 아직은 순정함을 간직하고 있는 첫눈이다. 앞의 첫눈은 "발 아래 밟히던" 첫눈이고, 뒤의 첫눈은 손길 위에 앉는, 더럽혀지지 않는 순수한 첫눈이다. 앞의 첫눈이 러시아의 오늘이라면, 뒤의 첫눈은 '나'의 현재이다. 앞의 첫눈이 땅에 떨어져버렸다면, 뒤의 첫눈은 아직도 지상에 닿지 않았다. 시인은 러시아에서 이 서로 다른 첫눈과 마주한다.

시인이 러시아에서 '발견'한 이러한 첫눈은 그가 첫 시집 『그리운 막차』(실천문학사, 1999)와 두 번째 시집 『손끝으로 달을 만지다』(작가, 2007)에서 노래한 첫눈과는 차이가 있다. 그는 첫 시집에서 "첫눈이 내리면 칠판 떨어진 폐교를 찾아 / 따스한 옛날로 돌아가리라 다짐했는데"(「첫눈 오는 밤」)라고 노래했고, 두 번째 시집에서는 "그냥 돌아서지 않겠다고 / 그대 불 꺼진 창가에 다가가 / 발 시린 새벽이 올 때까지 기다린다 / 맹

세하여 놓고"(「첫눈」)라고 노래한 바 있다. 앞의 시에서 첫눈은 '추억'을 환기하는 매개체로, 뒤의 시에서 첫눈은 사랑의 열망을 담아내는 시적 도구로 활용되고 있다. 이 시들은 모두 낭만주의적 서정을 바탕으로 하고 있다는 공통점이 있다.

위의 시에서 달라진 첫눈의 감각은 이번 시집에 담긴 시인의 세계관과 시세계를 지배한다고 할 수 있다. 훼손된 세계에 대한 안타까움과, 훼손되지 않은 세계를 향한 열망은 그의 시에 긴장을 불어넣고 곳곳에서 비장미悲壯美를 낳는다. 이는 이전의 시집들이 노래한 세계와 확연히 다른 점이다. 위의 시도 2~3행만으로 이루어진 단 4연의 짧은 형식으로 감정과 내용의 엑기스를 담아내면서 긴장과 비장미를 발현하고 있다.

이번 시집의 알파라 할 수 있는 러시아 시편들은 혁명과 사랑과 성스러움을 통해, 훼손된 세계에 대한 안타까움과 훼손되지 않은 세계를 향한 열망을 그려낸다. 이 안타까움과 열망은 지금 우리가 잃어버린 것들이 무엇인지를 숙고하게 하면서 시적 감동으로 나아가게 만든다.

전쟁과 혁명을 모두 겪은 할머니가 지하철역 앞에서
들꽃으로 엮은 제비꽃 다발을 팔고 있었지요

교수였던 남편은 혁명의 깃발 속으로 사라져갔다
밤 기차로 전선에 끌려간 아들은 돌아오지 못했다

마른 빵을 사려고 줄을 선 적이 없는 철없는 소냐를 위해
오십 루블에 꽃다발을 사서 기다리고 있었지요

똑똑한 남자는 혁명 때 용감한 남자는 이차대전 때 다 죽고
이념과 폭격 속에서 끝끝내 피어난 할머니와 들꽃과 소녀와

—「돌아오지 않는 봄」 전문

위의 작품은 혁명과 전쟁 속에 남편과 아들을 차례로 잃은 할머니가 손녀를 위해 제비꽃 다발을 팔고 있는 현실을 통해 이념과 전쟁, 그리고 생명의 존귀함에 대해 숙고하게 만든다.

이번 시집 원고를 읽고 있을 때, 1990년대 초에 러시아에 다녀온 한 원로 소설가를 뵌 적이 있다. 그분은 당신이 일부러 시간을 내서 그 시기에 부랴부랴 러시아를 찾은 것은, 그때 가지 않으면 러시아의 어떤 면모를 다시는 느낄 수 없겠다는 직감 같은 것이 있었기 때문이라고 했다. 그러면서 훗날 자본에 빠르게 잠식되어가는 러시아를 보면서 자신의 직감이 맞았다는 것을 확인할 수 있었다고 했다. 러시아에 가보지 못한 나도 그 원로 소설가의 직감이 무엇이었는지를 어렴풋하게나마 짐작할 수 있었다. 두 편의 시는 이를 잘 느끼게 해준다.

위의 시가 오랜 여운을 남길 수 있었던 데는 내용과 형식의 조화가 기여한 점도 크다. 이 시에서 한 연 두 행의 형식은 감

정의 절제와 더불어 대상과의 적절한 거리 유지에 도움을 주면서 시가 산문화되는 것을 제어하고 있다. 이번 시집에 실린 많은 작품들이 주는 견고한 느낌은 이러한 내용과 형식의 조화가 빚어낸 것이다.

시인이 노래하는 혁명과 사랑은 성스러움에 대한 경외와 결합되면서 더욱 고양된다.

추운 날에는 새가 날지 않는다
혹한에도 검은 망토를 걸친 수사는
성호를 그리며 맨발로 성당을 돌고 있겠지

—「태양의 기억」부분

실금 간 유리창 아래 먼지 쌓인 성경책
온 들이 폭설에 점령되어 있을 때
지하 선술집에서 새어 나오는 성냥 불빛

—「CCCP 바르」부분

눈보라 거세게 휘날리더니
폭설은 돌아갈 길마저 지워버리더니
벌판 끝 성당의 불빛만 희미하게 반짝이고
프레스코화 속 성모는 근심에 젖어 있더니

—「그 겨울의 끝」부분

시인이 러시아에서 '발견'한 성스러움은 혁명의 순수함, 사랑의 지순함과 결합되어 그의 시에서 고전적인 품격을 느끼게 만든다. 이러한 품격은 시인의 이전 시집들에서도 느꼈던 것이었지만, 이들 시집에서는 관념적 사유와 표현이 승하여 상대적으로 완숙되지 못했다는 느낌이 강했다. 그러나 이번 시집에서는 러시아의 자연과 시인의 감성 및 세계관이 일체를 이루면서 구체적이면서도 완숙된, 고전적 품격이 빛을 발한다.

　총 65편의 시를 소재와 공간적 배경에 따라 3부로 구성한 이번 시집의 2부에는 국경을 맞대고 있는 압록강과 두만강 지역을 다룬 여행 시편들이 주를 이루고 있고, 3부에는 다양한 소재와 공간을 다루고 있는 여타 시편들이 수록되어 있다. 2부의 여행 시편들은 다시 크게 두 부분으로 나누어 살펴볼 수 있는데, 국경 지역을 배경으로 조국애를 노래한 전반부와 여행자의 심회를 노래한 후반부가 그것이다. 이 두 부분은 내용뿐만이 아니라 리듬과 형식 면에서도 차이가 있다. 후반부가 1부의 러시아 시편들이 보여주는 비장미를 간직하고 있다면, 전반부의 시들은 호흡을 길게 가져가며 유장한 맛을 내는 데 보다 주의를 기울이고 있다.

　　목포에서 신의주 939킬로미터
　　차로는 너덧 비행기로 한 시간 남짓

갈 수 없는 접경이 거기까지라는데
압록강이 내다보이는 집안시
묘향각에서 스쳐 지나쳤던 그대
그날이 오면 여기로 오시라
목포시 유달동 국도 1호선 원표 아래로
볕 고운 자리에 돗자리 깔고
모두부 썰어 넣은 김치찌개 앞에 두고
하염없이 그대 바라보리니
발 아래 파도치는 유달산에서
개마고원의 눈 덮인 겨울 숲까지
이름만 들어도 살내음 고운 그대
그날이 오면 한달음에 오시라
국도 1호선 화강암 아래로
신의주발 목포행 막차에
만주 연해주를 떠돌던 사연들도
북방의 눈발에 실려 오리니
갯내음 속 기별처럼 동백꽃 피어나고
목포에서 판문점 499킬로미터
갈 수 있는 길이 거기까지라는데

─「국도 1호선」 전문

통일의 염원을 담고 있는 이 작품에서 돋보이는 것은 유장
한 리듬이다. 시인은 마치 대중 낭송을 염두에 둔 듯, 연 구분
없이 행갈이만으로 리듬을 만들어내면서 감정을 고양시키
고 있다. "그날이 오면 여기로 오시라", "그날이 오면 한달음

에 오시라" 등의 구절은 이러한 고양을 추동하는 역할을 한다. 이러한 리듬과 형식은 같은 내용을 다루고 있는 시「땡긴다」,「고려촌 백주」,「타향살이」 등에 공통적으로 나타나는 현상이다.

민족의 비애가 서린 압록강과 두만강 변의 국경 마을을 배경으로 한 이 작품들은 민족과 국가와 고향에 대해 숙고하게 만들면서, 1930~40년대에 민족적 비애를 선취한 이용악과 오장환, 그리고 백석의 시세계를 떠올리게 만든다. 특히 이번 시집이 보여주는 북방 정서와 대륙적 상상력은, 두만강의 정서가 스며 있는 이용악과 압록강의 정서가 스며 있는 백석의 시풍과 닮은 점이 많다.

이들이 만약 분단이 고착화된 오늘날의 현실을 마주한다면 송종찬 시인이 노래한 시「이매진imagine」에 공감을 표할지도 모른다. "신의주 땅이 마주 보이는 / 중국 단동의 고층 식당 안동관에 / 팝송이 안개처럼 낮게 깔린다"라는 구절로 시작되는 이 시에는, 비틀즈 멤버이자 평화운동가였던 존 레넌의 명곡 〈이매진〉에 나오는 가사가 중간중간 삽입되어 있다. "국가가 없는 것을 상상해보아요", "종교가 없는 것을 상상해보아요", "국가 때문에 죽거나 죽이지도 않고", "날 몽상가라고 부를지도 몰라요".

혁명과 전쟁의 후유증이 남아 있는 러시아와, 전쟁으로 인한 분단국가의 비극이 서린 압록강과 두만강 국경 지역을 다

니며 쓴 이 작품들에는 반전주의자이자 평화주의자로서의 시인의 면모가 확연히 드러나 있다. 이러한 면모는 우리 시에 귀한 북방 정서 및 대륙적 상상력과 결합되어 그의 시의 지평을 크게 넓히고 있다. 시인은 「이매진」의 마지막을 다음과 같이 장식한다. "국경이 사라진 녹슨 탱크 아래 / 피어날 꽃과 풀과 새들과 구름과 / 바람과 시간의 술래잡기를"

앞서 살펴보았듯이 그의 감성의 시작은 첫눈에 있다고 할 수 있다. 시인은 이 첫눈이 살아 있는 겨울을 배경으로 때 묻지 않은 세상을 향한 지순한 그리움과 열망을 노래한다. 이 그리움과 열망이 커질수록 이와 비례하여 훼손된 세계에 대한 안타까움은 커져간다. 반전주의자이자 평화주의자인 시인의 면모는 이를 더욱 강화시킨다. 이 열망과 안타까움의 길항이 그의 시에서 시적 긴장과 비장미, 그리고 고전적 품격을 낳는다.

이번 시집에서 가장 돌올한 러시아 시편들은 러시아의 자연과 시인의 감성, 세계관이 일체를 이루면서 완숙된 고전적 품격을 보여준다. 아래 시는 이러한 화음이 만들어낸 절창이다.

갈 데까지 간 사랑은 아름답다
잔해가 없다
그곳이 하늘 끝이라도
사막의 한가운데라도
끝끝내 돌아와

가장 낮은 곳에서 점자처럼 빛난다

눈이 따스한 것은

모든 것을 다 태웠기 때문

눈이 빛나는 것은

모든 것을 다 내려놓았기 때문

촛불을 켜고

눈의 점자를 읽는 밤

눈이 내리는 날에는 연애도

전쟁도 멈춰야 한다

상점도 공장도 문을 닫고

신의 음성에 귀 기울여야 한다

성체를 받듯 두 눈을 감고

혀를 내밀어보면

뼛속까지 드러나는 과거

갈 데까지 간 사랑은

흔적이 없다

―「눈의 묵시록」 전문

혁명처럼 내리는 첫눈의 감각을 되새기면서 "신의 음성"
에 닿는 이 작품은, 시인이 러시아에서 일군 감성의 총체를
잘 보여준다. "갈 데까지 간 사랑은 아름답다"라고 노래하는
시인이 부럽다. "갈 데까지 간 사랑은 / 흔적이 없다"라고 노
래하는 시인은 더욱 부럽다.

문예중앙시선 48

첫눈은 혁명처럼

초판 1쇄 발행 ㅣ 2017년 2월 6일

지은이 ㅣ 송종찬
발행인 ㅣ 이상언
제작총괄 ㅣ 이정아
편집장 ㅣ 박성근
디자인총괄 ㅣ 이선정
디자인 ㅣ 김진혜

발행처 ㅣ 중앙일보플러스(주)
주소 ㅣ (04517) 서울시 중구 통일로 92 에이스타워 4층
등록 ㅣ 2007년 2월 13일 제2-4561호
판매 ㅣ 1588 0950
제작 ㅣ 02 6416 3928
홈페이지 ㅣ www.joongangbooks.co.kr
페이스북 ㅣ www.facebook.com/hellojbooks

ISBN 978-89-278-0840-4 03810

문예중앙은 중앙일보플러스(주)의 문학 단행본 브랜드입니다.